蒙古马

呼和 著

远方出版社

图书在版编目（C I P）数据

蒙古马 / 呼和著 . -- 呼和浩特 : 远方出版社，
2019.9
ISBN 978-7-5555-1357-5

Ⅰ. ①蒙… Ⅱ. ①呼… Ⅲ. ①诗集－中国－当代
Ⅳ. ① I227

中国版本图书馆 CIP 数据核字 (2019) 第 215130 号

蒙古马
MENGGUMA

作　　者　呼　和
责任编辑　孟繁龙
责任校对　秋　生
装帧设计　王改英
出版发行　远方出版社
社　　址　呼和浩特市乌兰察布东路666号　邮编 010010
电　　话　（0471）2236473 总编室　2236460 发行部
经　　销　新华书店
印　　刷　内蒙古爱信达教育印务有限责任公司
开　　本　145mm×210mm　1/32
字　　数　110千
印　　张　7.25
版　　次　2019年9月第1版
印　　次　2019年9月第1次印刷
标准书号　ISBN 978-7-5555-1357-5
定　　价　48.00元

前　言

这本诗集除收录了我的少部分早期作品外，大多数是近两年的作品。用诗歌表现生活的美或不足，最大的宽慰是语言的应用和对事物的再现有了高度的提炼和浓缩，看似一个个心情写照，往深里讲，都有生活的蓝本和积累所在。当一首诗完成了它在读者面前展开并被阅读的使命，同时能带来或多或少的思悟，已足矣。大自然孕育了生命，从敬畏大自然、欣赏大自然到感恩大自然是一个不断领悟和发展的过程。当我真正明白了这一道理，从此，人生的每一步都显得从容、超脱，不再为一人一事一物所惑，美景一路，自在受用。

当这本诗集付梓之际，我要感谢原阿拉善盟文联主席、中国作家协会会员、内蒙古翻译家协会副主席马英先生克服身体不适，又由编撰多部阿拉善系列丛书的繁忙中抽出宝贵的时间为本诗集作的序和对作品的斧正。愿好人一生平安，并作诗一首，略表心意。

文字侠客

——致马英

浮华剥尽
文字就是一把剑
出鞘见红。
良知不容你游戏人生
生活不允你忸怩作态
风花雪月已成过去
仅剩瑟瑟岁月倥偬。
有人说你风情万种
也有人说你天生诗人
惟有你自己最清楚
意象的魂魄是铮铮骨架。

书中部分图片由吴哈斯先生提供，在此一并表示感谢。

呼　和

2019 年 8 月

太阳照不到的地方，是因为垒砌的障碍物所致。

眼睛看不到的地方，是因为我们的脚步迈不开。

人生就是一个不断行走和感悟的过程，阻挡你的只有窄窄的心思和缺失的勇气。

当诗歌的语句组合了人生的轨迹，我理所应当自豪和努力。

——题记

序　言

一匹马的乡愁

——读呼和的诗

马　英

一、故乡，一匹马的乡愁

这匹马已经奔跑很久了。时而缓缓前行，时而风驰电掣。这匹马带着深深的乡愁，用一双忧郁的眼睛望着我。从那眼神里我看到了呼和“天空中细雨飘个不停/一匹老马走向远方。”（《一匹马的转世》）。这匹马，是作者心目中故乡的寄托，是他梦的远方，亦是他所追求的诗歌理想。马的象征意义，在他很多的诗歌里出现。“那是从承庆寺马厩夜遁的马/那一晚/仓央嘉措停下手中的转经轮/望着那匹远去的马/想起了雪域高原的玛吉阿米”（《承庆寺的马厩》）；“这是一匹老马/有足够的经验/只需我行马由缰/就能早一天带我找到最初的家园/那里有青青的草、冰凉的河水/还有一座金顶蒙古包……那里有祖先打造的城堡、美丽的女人/还有一幅墙上的版图”（《行马由缰》）。这些诗句里作者把“家园”“乡愁”的意境更加具体地深化了，既有历史的烙印，又有心灵的追随。他的《蒙古马》、《一辈子　一群马》《那片草原》等诗里也出现了许多以马为象征和寄托的乡愁情绪。“有一天，一匹马的风流/消除了我的顾虑/我用我的派克笔，第一次/勾勒了那匹马的前世今生”（《我的派克笔》）。

关于马的描述和叙事，是作者创作灵感的重要来源，也是作者熟悉的生活场景和往日记忆的再现。那是多么难以捕捉到的、美好的向往和惬意的时光啊！如果那匹马是诗歌永生的追求,那么他(作者)就是义无反顾地选择了远方的骑士。如果那匹马是心中永远的乡愁，那么他就是充满了淡淡忧伤的那个游子。如果那匹马是执着的内心永恒的信仰，那么他就是那个漫漫朝圣路上虔诚的远行者。

二、爱与遗忘，我和你注定有一场结局

也许命运给了诗人太多的苦难和痛苦，使得难以忘怀往日岁月刻骨铭心的情感记忆。我和呼和（他的本名叫呼格吉勒图）在很多年前就认识了，对他的生活经历多多少少有点儿了解，但又不是很知晓。我想，他和我一样，可能都对张扬先生的小说《第二次握手》和书里开篇第二节的那句话很熟悉，“过去的事情，就让它永远过去吧……”

呼和的诗里有理性的思考，亦有生活真实的直叙。《路》这首很短的诗里写了一个很长的故事：十年后，他俩相遇在小巷。他和她互相叙述了往日的一切和谜一样的故事，然后离去。“她向小巷深处走去/一阵风袭来，落叶纷飞”。我不太看好这首诗中间靠后的那段不太明了的叙述，但是很喜欢诗这样的结局，我甚至怀疑故事里的“他“和”她”就是我所知道的真实生活中的他和她。“不管你愿不愿意承认，文学就是与这种苦难相伴而生的。没有苦难，没有痛苦，没有绝望，没有焦虑，就不会有文学。”“诗是对苦难和不幸的一种补偿。”（文学评论家李建军语）。我比较认同这两句话。“某一场景是你所熟悉的/某一苦难是你的经历。”（《莲花》劫）；“哥哥习惯在风中想妹妹/还有那匹死去的老马”（《守望》）；“一个会写诗的女孩悄然离世/她的愿望只有一个/一间属于自己的草原小木屋”（《天堂有诗人》）；“很多年了/那个孤独地站在风雪中/黯然神伤的女孩，你在哪里”（《记忆》）。在诗人的笔下，他把所有的一切都淡化了，苦难和泪水是诗人昨夜的一杯红酒。让岁月记住这一切，让诗歌记录下这一切，然后我们重新开始吧，我的爱和悲伤。

尽管诗人天性就是苦难的见证者，但是诗人也从来不会向命运屈服和妥协。“每一次的远行是心与心的靠近”

（《爱的信守》）；“从此，我学会了独行独处/在自己的城堡中修筑理想的房子”（《枫》）；“有一种诗适合写给自己/写完锁进抽屉/这样的诗，关乎心情/关乎小家/在雨雪天，对望一座山/或一座独木桥/让心灵漫游/间或倒一杯红酒/在轻轻晃动中，让/岁月沸腾，提前完成秋的礼仪/不负山中红叶满溢”（《锁进抽屉里的诗》）；“月圆夜，一匹狼无声地行走草原/从你的诗行嗅出曾经的围猎”（《独行客》）。诗人啊，你就是生活永不绝望的歌手。

三、远行的牧马人，生命的守望

“牧马人孤独的歌声/传唱了几百年”（《梦回阿尔泰》）。诗人把自己比作“幸福的牧马人”，“一匹马走向水井/群马转身/你在井口/一年又一年”。（《一辈子　一群马》）。

然而，他有时候找不到自己，曾经的游牧故乡的牧马人失落了。于是他踏上了漫漫旅途，寻找自己，寻找属于自己的那片草原。“整整一个秋天/我在寻找你的身影/那个曾经的牧马人/你在哪里”（《草原上的人》）；“如果心自由了/今夜我将是你的客人/渴望成为凌晨敲响梵钟的第一人”（《承庆寺的马厩》）；“失去了家园/喜欢坐在乱坟岗上写诗”（《乱坟岗写诗人》）。而有时候，他很惬意于自己的牧人生活。他不仅仅是一个牧马人，还是一个牧羊人。“迎着朝阳出发/羊在前面/我在后面”。而傍晚牧归的时候，“我在前面走/羊在后面跟/于晚霞时分/我们回家了”（《在阿拉善牧羊》）；“牧马人心中有一所很大的房子/能装下世界/屋内风景如画。”“苍穹是你的屋顶/大地是你的席毯。”（《牧马人》）。在这宁静致远的故乡，他寻找到了迷失的自己，寻找到了孤独的、倔强的自己。而他心目中的那匹马，依然在风中奔跑。

“那个曾经在一起无话不说的少年/如今已是鬓发染白/仍然守望着一方净土”（《远去的誓言》）。那个曾经的少年，如今饱经风霜，成为故乡永远的守望者。他敬畏苍天大地，他感恩人间的美好和拥有。他用一颗平常的、善良的心对待生活，用自己的良知和良心去写诗。他不想以诗歌的名义堆砌文字，不想以诗歌的名义闪烁其词，不想以诗歌的名义无病呻吟，不想以诗歌的名义逃避现实（借用了作者自己的诗句）。牧马人跨上了马背，那个久违的骑手回来了。他和他的那匹马，正在驰向那传说中的草原。在那里他会看到祖先放飞的那只坚强的雄鹰，还有梦中的女人和童话般的故乡。

2019年3月25日

（作者系中国作家协会会员，内蒙古文学翻译家协会副主席）

目录

想你的时候

想你的时候，我害怕漫漫长夜，虽然梦里与你千百次相会。

想你的时候，我害怕柔情似水的女孩，如履薄冰般小心翼翼。

想你的时候，我害怕一醉方休，在相思的路上留下空白。

想你的时候，我喜欢点燃一根蜡烛，在袅袅柔和的烛光里有你真切的笑容。

想你的时候，我喜欢窗外淅淅沥沥的小雨，欲诉相逢的千言万语。

想你的时候，我喜欢落日黄昏，亦如你消失在太阳坠落的地方。

想你的时候，我喜欢独自一人，静坐田野，让飘飞的白云注满相思。

想你的时候，我喜欢铺开一页白纸，写满粉红色的回忆。

相恋是首歌，悠长悠长。

1999 年 3 月

缘

生来你是我人生旅途中的一席芳草，充满希冀。
生来你是我生命长河里的一朵浪花，催我奋进。
生来你是我灰暗岁月中的一轮皓月，冰清玉洁。
生来你是我干涸心灵中的一丝雨露，润物无声。
生来你是我劳神费心后的一杯清茶，回味无穷。
生来你是我风雪北疆里的一枝红梅，傲立雪中。
生来你是我寄居他乡后的一抹情愁，相思如云。
生来你是我噩梦醒来后的一缕阳光，明明白白。

2002 年 6 月

走向辉煌

昨夜的一场小雨
勾起了我很多回忆
小时候天地滋润
淅淅沥沥的小雨
灌满整个夏天
蓝天　白云　绿地
草香　清风　驼马
是我童年永恒的记忆

一段欲望无境的日子
大地不堪重负　奄奄一息
我们才懂得
大自然是唯一一座

/ 蒙古马 /

造物主精心设计的家园
从此　弱河盈水　居延海荡
彪炳史册
一大手笔　抚平了阿拉善人久久的伤痛
退牧还草　公益林建设
以草定畜　量力而行
我们找到了行舟航海的坐标
众志成城　创造着北疆和谐的明天

2007 年 4 月

向往那片海子

三月的风
在季节的扉页中
写满绿意
心随风动
越过千里戈壁
邂逅傍晚六点钟的额济纳

传说　你有一片海子
畅饮驼马
使多少文人墨客
驻足绝唱

风中的胡杨

没了海的清香
秋天　黯然失色
二十载沉睡　鸿雁不归

今天
漫步海滩疑似江南水乡
烟波浩渺　水不惊
谁说海天一色无缘驼乡
最是动人居延海

2007 年 7 月

枫桥之恋

追寻你倩倩的芳影
我走过十八岁的花季
一个爱做梦的男孩
在雨季
曾经为你种下一棵粉红色的玫瑰
深深的思念
化作雨的缠绵
风的清爽
雪的彷徨
晴的绚丽
随春天的舞姿
越过炎炎夏日
在另一个雨季悄然开放

/蒙古马/

轻轻摘下心灵的玫瑰
与月色来到枫桥旁
月华如水
枫桥水如华月
在这静谧的夜晚
孑然一身　独守枫桥
孤寂的心灵
终被匆匆的秋日遗忘
相守的愿望营造了一生的寂寞
回首
走过枫桥长长的昨天
相思笃深亦无言
今宵的孤独
被昨天的辉煌续延
今天我依然爱你

2009 年 1 月

梦回阿尔泰

回到母亲身边的那个夜晚
我做了一个长长的梦
梦见自己来到了
美丽的阿尔泰山脚下
后来母亲告诉我
你就是阿尔泰山的儿子

从此　我痴迷西边的天空
一根无形的丝线牵引至今
纵然风霜雪雨　抑或天高云淡
惟有落霞带我走进
传说中的阿尔泰草原

那里有我祖先放飞的雄鹰
傲视蓝天　守护着那片绿色

牧马人孤独的歌声　传唱了几百年
失去骑手的马呦
你可曾想越过最后的家园
寻找生命的辉煌

2009 年 1 月

女 孩

走过森林与草地
我遇见了一个天使一样的女孩
她温柔、恬淡
像风儿掠过我的心海
掀起层层波浪

走过山岗与戈壁
我遇见一个害羞的女孩
她似水柔情
淌过我干枯的心田
芬芳一路

走过岁月与人生

/ 蒙古马 /

我遇见一个多情的女孩
她情深似海
浸湿我久违的心灵
四季如歌

走过美丽与哀伤
我遇见一个纯粹的女孩
她冰清玉洁
唤回我流浪的心念
地久天长

2009 年 1 月

忘情水

是谁
悄然揩去眼角的泪水
在风中
默然神伤
是谁踽踽徘徊在
白桦林中
雨中饮泣
是谁
捡拾片只落叶写满相思
又随风丢弃
是谁
踏雪无痕
却上心头

是她
一个为情所伤的女孩
一个怕惊飞落鸟的孤独人
从此　在冰冷的月下
多了一个守望寂寞的女孩
她的名字叫忘情水

2009 年 1 月

无言的结局

纵然
花开的季节　不乏春天的脚步
我依旧冀盼　那无声的雨丝
漫过心的海洋

今生　注定要邂逅
一个传说中的美丽女孩
从此　懂得了
伤感与海天远隔

憾事重重　又重重
终究　这一切
离我杳然渐远　或许

/蒙古马/

只为前世

遗忘的深情一眸

此刻　让我黯然神伤

2009 年 11 月

寻 找

等到又一年山花烂漫的季节
我要去远行　只为
一次无缘的邂逅

相信　我要去的地方
间或能　遇见如你一样的女孩
我将娶她为妻生子　用心
做一个好男人　又怕
芳影牵梦
千千夜归你

2009 年 12 月

/ 蒙古马 /

妈妈走了

那一年
当我临时出门的第五天
一个没有任何征兆的清晨
我听到了妈妈去世的消息

拐过楼梯口就没有人了
眼泪开始无声地流淌
无人处的泪水肆无忌惮
没有了任何价值的泪水
你为谁奔袭
是安抚自己冰冷的良心吗
妈妈用一生的辛劳构筑了这个家
有妈妈的家充满了爱和生机

如果说世上真有无私的爱
那么妈妈的爱最无私
眼前常常浮现
妈妈行走在羊圈　井水　老屋间的身影
更有背负沉重的物资艰难挪步的身子
这物资有饲草　桶水　柴火还有驼羊粪
妈妈弱小的双肩从未卸载过生活的重担

但愿回程的路延绵不绝
让我一直处在回乡的路上
这样我就能逃避没有妈妈的屋子
我还可以久久地回味
坐在床沿的妈妈依旧含笑迎接我的情形
可这一切已经不复返了
当我靠近妈妈
只有一盏长明灯一曲诵经声
似乎在向我解释什么
可我什么也听不进去

记得小时候妈妈看病去了
奶奶让我和她一起睡

我不肯
我选择了妈妈睡觉的外屋
一个偌大的房间靠窗的位置
这里能闻到妈妈的体香
我睡得心安理得

还记得妈妈逗我
有一天妈妈不在了你会怎样
我不假思索
那样我要去很远的地方再也不回来
惹得妈妈抹眼泪

妈妈一直对我偏爱
当我有了两个闺女
一次回家过年
临走的那晚
妈妈匆匆到凉房
回来怀里掖着什么
快快塞进我的包里
可怜的妈妈　自以为做得很隐秘
事后却成了其他子女善意揶揄我的把柄

那个装满食品的铁盒　我至今保存着
妈妈的想法很单纯
因为我比他们多一个孩子
泪水再次溢满双眼

最后的几年
您是盼望儿女经常在身边的
虽然在一个城市生活
可每次回到家
您总是留我们吃饭
不厌其烦地
我明白　您是在挽留我们哪怕多待那么一小会儿
可我们总是来去匆匆
理由却万千种

按照习俗
我们把您送到家乡最安静最美丽的地方
做最后的道别
此时我应该给您磕一长长的响头

可我无法忍受最后的别离留给我的伤痛

固执地走向偏远
只是在您的栖息地
用泪的叹息完成了一个圆圈
等我回来　几缕青烟您已成灰

悔不该出门的时候没有去看您一眼
悔不该生前没有多陪您一会儿
这一生不知欠您多少爱的回报
现在临走我又欠您一个响头

妈妈　您可曾知道
在我的潜意识里
只要我亏欠着您
您就不会离开
现在我明白了
您终究要走的
在您的心里儿的亏欠是
小时候的不懂事

2016 年 5 月

草　原

有一天
你说要陪我去看草原
我便幻想了
想象中草原是这样的
有一条弯弯曲曲的河淌过这里
从河岸延伸的是花开的原野　一望无际
哦　还有一座小小的木屋
两面开窗
在丘梁上　面朝阳光

那天你真的陪我看草原了
我们还走进了草原人家
让我惊喜的是

除了我想象的部分
还有自由的空气和牧人直面人生的实在
他们生命的厚重
于你我不知丰盈了多少
即便天天赶着羊群
蹒跚的脚步
从未离开过自家的牧场

2016 年 11 月

爱的信守

与你一起的日子
我喜欢紧握你的双手
如水的眸中寻找前世的契约
那里写满爱的承诺

没有你的日子
我习惯幻想你莲步随风
走近我的喜悦
这里有爱的期待

走过程程山水
终点依然是和你相遇的那个地方
从此手心里的手

有了长久的归宿

这路　有风有雨
吹湿四季相怜
每一次的远行是心与心的靠近
今夜你还好吗

2016 年 12 月

那片草原

秋日的黄昏
披一缕晚霞走近你
我便嗅到了草原的清香
有人说　这真好
我不知道他是赞美你的景色
还是另有他意
总之　溢满笑容

千草百花　蝶影绰绰
孩童追蝶蹁跹
丛中的蒙古包　吉祥敖包　磐石岩画
还有波光粼粼的贺兰湖
丰润了你的故事

我在感受和目染你的喜悦
这一刻天地人合一

木栈道伸延
邂逅另一个未知
山上亭榭虽无故人
亦能感知你在路上
心渐渐融化了
此间长情
与这片草原息息相关

2017 年 8 月

一辈子　一群马

从你呱呱坠地的那一刻
你就是草原的儿子
绿地是席毯　蓝天是屋顶
远山近水是天赐的画卷

马儿的低嘶伴着额吉的摇篮曲
汇成了世间最动听的乐章
星光不再遥远　月儿就在身旁
爸爸回来了　你却睡着了

当你蹒跚着触摸第一棵小草
额吉在旁叮嘱　小手轻点儿
你茫然缩手

便读懂了自然界的渊源

和风细雨年年
草原还是那片草原
鸟儿嬉戏　野兽出没
景色依然独具

一匹老马向水井　群马转身
你在井口　一年又一年

2017 年 10 月

诺彦敖包

我只是，我只是想知道
这座敖包的第一片岩石是谁放置的
莹莹发光的岩石沉默了三百年
是一个牧羊少年率性的一举，不，不会的
阿拉善和硕特的历史
曾经在这里开启了它的首页
风萧萧，狂野连天，这是一个绝佳的瞭望地
我陡然醒悟，戍边将军遗失的佩剑就在敖包中

年复一年的祭祀不断，三百年不长也不短
有谁能告诉我，信徒的许愿几海深
我还记得，这些年那尔苏夫妇和他们的老额吉
承载着敖包的祭祀活动

/蒙古马/

那一年，人真多
各色帐篷挤满了山谷，还有大大小小的车辆
那一晚大伙儿喝酒了，一个五大三粗的汉子哭了很长时间
众人用歌声附和，没有人安慰

翻飞的哈达传递着风的絮语，还有历史的传说
层层叠叠的垒石铭刻着将士的誓言
还有牧人天真的夙愿——风调雨顺
这一刻，我也是你曾经的一员
走过春秋，把生命中最痛的部分慢慢向你展露
不求答案，只求和你一起成为沧海一粟
在巴彦乌拉山巅，年年守望母亲的山河

2017 年 12 月

诺　儿

像一朵春天的花蕾
你在慢慢地绽放
小小的心脏和稚嫩的想法
有时　无法忍受外来的摆布
委屈的泪水流不停
你在抗争
原以为世间的一切　是为你准备的

那天你不高兴了　怎么哄都不行
就是因为别人先你进屋
在哭闹声和小手比画中
大人懂得了你的意思

我们出门让你先进
你破涕为笑
后来　类似的事一再发生
先前的办法已经不能使你满意
你一直闹　以为这样的事情不会再有
私下里　在你平静的时候
我劝你　诺儿　凡事懂得礼让
你像个乖巧的孩子　不停地嗯嗯
姥爷心疼你了　抱在怀里不忍放下
希望你快快长大

那天我看见你爷爷
为了让你回家前骑会儿马
在马圈里折腾了半天　才把马逮住
因为是两匹马　两匹都得逮
然后把马牵到拴马桩上　依次绊腿
开始给较温顺的马套好鞍子
解下缰绳把你放在马背上

或许经常这样　这匹马显得有点烦躁

你却习以为常脸上笑开了花
爷爷牵着马一圈又一圈蹓跶
还不忘叨念　有一次马不耐烦尥蹶子了
你硬是没有掉下来
结果爷爷手快　把你从马背上抱下
就算这样你还是喜欢骑马

临走了　你握住爷爷的手
不停地亲吻　说　爷爷我想你怎么办
爷爷爱抚着你　下周来好吗　言语中满是不舍
当车行驶不远　你睡着了
在你的世界里有了片刻的宁静
姥姥的衣服轻轻盖在了你身上
再有两个月　你就四岁了

长大的烦恼就是成长的养分
我们不敢让你太随意
却也不能消弭你的天性
两者之间　我们更倾向于后者
当你懂事的那一天

/ 蒙古马 /

希望我们给予你的爱
铸就你的善良和无畏
不负时光　走好人生的每一步

2018 年 4 月

草原上的人

整整一个秋天　我在寻找你的身影
那个曾经的牧马人　你在哪里
秋草黄了　翻年又该绿了

从蚁穴洞口自然跳过的瞬间
你就成了我的偶像
这一跳　不仅仅是对生命的尊重
还有内心的一份干净
这份干净　已远远超过我的想象

你就是那个跳过蚁穴洞口的人
山水草木记得你的模样
日月星辰常常对你笑

那个人

一身袍子　一双靴

手牵一匹马　随时跃马征程

2018 年 8 月

红尘同在

当我还没决定向谁伸出橄榄枝的时候
如果你是君子
请你保持君子风度
这样或许我们一路上能多聊一会儿
哪怕你谈你的诗　我聊我的马儿
总有生活的气息在里面

拒绝一个人的最好方法是
不待见
结束一次谈话的最佳暗示是
呵呵　再无下文
贤达知己二三　狐朋狗友三五

/ 蒙古马 /

谁能远离谁的红尘

2018 年 8 月

决绝独行

向海角
万水千山阅遍
向宇空
云河繁星读尽
世上最后一个凭栏人
竟是我的诗人朋友

去吧，带上一壶老酒
闻寻野岭吹箫人
同吟独行赋
在天
日月流行

/蒙古马/

在地

山河俊朗

2018 年 8 月

那一刻

第一次坐在老屋的炕头上
从小木窗　仔细观看落日
原来　沙漠是太阳掀起的浪花
无风也有故事

日子是串串脚印捆绑的包袱
内有儿时难忘的记忆
老屋是存放这包袱的雕花箱子
外　斑驳陆离
内　尘屑乱飞
那一刻　我就是老屋的主人
进了屋又不用关门

2018 年 8 月

无　题

不是每座山都要攀爬
哪怕山那边风景独好
有时瞻仰一座山胜过高处的迷茫

不是每片草原都要涉足
哪怕想阅尽千草百花
有时借助风儿也能聆听

蒙古包是苍天赐给人间的佛珠
在草原万里成串　岁岁平安
我愿是你门框上最不起眼的锁扣
纵然　从未见过一把锁的影子

2018 年 8 月

一个诗人的消失

你是一个诗人
用文字码意境
大伙说　你的诗像泉水
流淌山谷　除了音色
还有姿势

有一天你发现
你的字典中少了情字
诗　不再是诗了
更像荒漠中行走的幽灵

从此你不再提笔写字
而是用心做了一个

读诗的人

再后来　你诗也不读了
大大小小　薄厚不一的书
堆满了墙角
偶尔想起书本里的一句话
绝不是诗和远方
扉页中静静躺卧的那枚银签
时不时进入你的脑海
那枚银签能卖三百六十五元

2018年8月

一匹马的转世

天空中细雨飘个不停
一匹老马走向远方　湿漉漉的
在你的意识里远草香甜

你回头看了一眼
主人还在毡包前矗立
你不明白
主人为何在你的脖颈拴了一道红布条

没有了缰绳桎梏的你
过了一年又一年
姗姗走来　翩翩离开
直到有一天你无法回到水井边

年轻的主人端来饮用水
你才明白　老主人当年放生了你

远处的山是草原上唯一的蓝
你去过几次　可始终没有找到
老主人长眠的那个地方
经年的风事雨事　与你无关了
今夜你只关心
还有多少日出日落　望山思意
再靠近山一步

2018 年 8 月

这一刻，满山遍野的花为你绽放

十年了　迈出大学校门
你从一个不爱说话的姑娘
成长为独当一面的引领者
你经历了很多事
有过委屈　有过彷徨
在最困难最想放弃的时候
总是有人提醒你
初心不改　坦诚做人　真诚付出　不负时光

十年的磨砺　让你懂得了石油人的艰辛
风沙是我们冲锋的号角
雨雪是我们凯旋的礼物

一季一年　没有了花前月下
责任和担当是今夜的功课
基础知识　基本功　样样学会
一颗包容的心　友情溢满天
聆听是默默的升华

夜深人静的时候
或许你问过自己
这十年　是什么促使你坚持下来
是亲情　友情　爱情　抑或其它
答案似乎不太确定
但是你明白善行善为和执着追寻
构筑了你内心的冰洁和路上的自信

你不再像个小姑娘多愁善感
你学会了理性的思考和一步一个脚印
如果十年前你在日记中写下
只有荒凉的沙漠　没有荒凉的人生来激励自己
那么今天你提笔写下了
我是阿拉善人　更是阿拉善石油人

前路漫漫　壮志凌云

这一刻　漫山遍野的花为你绽放

2018 年 8 月

承庆寺的马厩

择一隅生活
应有天马行空的理由

早年的阿拉善草原
马儿在马兰湖边畅饮
剽悍的体魄和飞扬的鬃毛
与牧马人破烂的毡帽形成了对比
这是谁的马儿成长得肆无忌惮
风说
那是从承庆寺马厩夜遁的马
那一晚　仓央嘉措停下手中的转经轮
望着那匹远去的马
想起了雪域高原的玛吉阿米

浪子天涯
心是浮在老碗里的一枚茶叶
馨香四溢　却再也回不到从前
方圆着这座寺庙百里千里　风调雨顺
沙山　湖泊　青草　古树
随四季换装骚动

如果心自由了
今夜我将是你的客人
渴望成为凌晨敲响梵钟的第一人

2018 年 8 月

回　归

我用文字编织过生活的麦田
为了把故事写得合乎情理
从来都是看山是山看水是水
恼人的是故事的主人公常常缺席散漫
有时擅自跑到其他剧组充当角色
风生水起难回头
今天我要终结那段蹉跎岁月
一层一层剥离曾经的执着
还有假象的荣耀
重新做一个劈柴挑水的好男人
不要打听我是谁
人生的拐点只有回眸一笑没有背影

就这样渐行渐远
留下一串美丽的猜测
我的逃离已不重要

2018 年 9 月

/ 蒙古马 /

乱坟岗写诗人

有这样一位诗人
失去了家园
喜欢坐在乱坟岗上写诗
词藻飞扬跋扈
意象却少了记忆的色彩
昔日的果园已长满野桃

朋友
不妨　试着爱另一方水土
就像梦里一样炽热
醒来　昨天的画册在枕边打开
那里有许多走过却未尽的路等你
只要你再次启程

从此　没有人说你的诗无厘头

2018 年 9 月

我需要一双公筷

谢谢你，我的朋友
你们教会了我很多
比如，走夜路不要回头
小心吹灭了肩膀上的烛火
再比如，尊老爱幼以及吃饭不要咂嘴
但是，作为一个筷子族
今天我只需要一双公筷
以防你我的唾液插上翅膀
在别处繁衍生息

2018 年 9 月

在阿拉善牧羊

迎着朝阳出发
羊在前面　我在后面
我喜欢在阿拉善牧羊
这里天大地大苍苍茫茫
蓝天白云是常态
运气好了能遇见时隐时现的海市蜃楼
和电光火石间消失在天边的黄羊
这片土地很神奇
锁阳　苁蓉　沙葱　奇石争相斗艳
每走一步都有惊喜等我
一天的牧羊生活不知不觉过去了
羊一只不少
我的怀里　兜里　手里满满的收获

/ 蒙古马 /

我在前面走　羊在后面跟
于晚霞时分
我们回家了

2018 年 9 月

承庆寺，芳华年的一次相遇

早就耳闻，千里戈壁有座以自由的风陶染数百年的庙宇
演绎着众信徒的叩拜和诗人的躁动
还有远方凄迷的爱情故事

不是每场雪都为你而落
但是每年初雪天我一定是你的不俗客

人生豪迈，没有哪一个人像你一样豪迈得一无所有
人生弥坚，没有哪一个人像你一样萍迹天涯四海为家
那一夜，风雪青海湖包容了你的汪洋恣肆

也造就了承庆寺的香火百年

今天在承庆寺大殿中依稀能找到你的印记
还有你的世袭者另一个德鼎格根（上师）的像塑和喇嘛说辞
历史惊人地相似，因战乱、政教，你的世袭人同样被逼走他乡，终老不归

再次来过，你仍旧大海般深不可测，奈何
我只能向着，四十里外的昭化寺，你的另一个舞台走去
那里我能找到更多的答案吗

2018 年 10 月

枫

十月是你的舞台
你莞尔一笑，就是一首诗的开篇
山那边是大海，跟我来吧
这是你第一次和我讲的第一句话
你完全忽略了自己的美丽

我不希望你把我带到海边
但是我很开心，认真地打起了背包
你喜欢登高望远
纵然远处是迷雾
你依然幻想迷雾中不一样的世界

/ 蒙古马 /

被你渲染的季节
记忆的扉页贴满了红叶
每一片叶子都含有初雪的暗香
从此，我学会了独行独处
在自己的城堡中修筑理想的房子

你是一棵枫
长在山顶
写意秋天

2018 年 10 月

戈壁王

一台吉姆尼，小而灵巧
在戈壁行驶游刃有余
不碾草、不陷落是它的优点
油门带加不加，像一只昆虫
慢慢爬行在沙窝、盐碱、丘陵地带

第一次乘坐，好奇心陡增
完全忽略了外面的景色
只瞅眼前沟壑怎样度过
惊心处，每一次艰险轻松甩后
小小吉姆尼神奇宝贝
不费油，不误事
一路畅通

那天，生怕一对黄羊受惊走远
我们才悄然掉头

2018 年 10 月

故乡行

四野舒静
蔓延的丘陵、草木
写满儿时的记忆
这里每一个笔画都有故事
我欣喜难挨
找一借口下车徒步走近你
心便阳光了
我到底在寻找什么
一年当中几次三番来到你的身边
追念、品味涩涩的时光回流
现在我终于明白了
是每一次的回乡过于匆忙
来不及细读你的心语

今天我索性留宿在你的星空下
有风听风，有雨听雨

这里有个泉眼，常年细水长流
低处自然形成了湖泊，衰草萋萋
夏日，郁郁葱葱，鸟类嬉戏
冬日，寒冰裂裂，狐兔舔舐
更有我跳上冰面的滑翔感
少不更事的我骑过发情的公驼
又被它温顺地请下脊背后疯狂追赶混群骟驼的经历
那时候我应该被无情地摔下驼背才对
可没有，真的没有，那峰公驼乖巧地卧下
任我怎样催促也不肯起来
也有过被蒙古扁桃断刺扎伤脚掌后的狼狈相
不自量，脚尖挑逗骆驼踝骨
被洪荒驼蹄撂在几米开外的悲惨
还有远足拾柴火
因玩过头筐底亏空拔高仅有的木柴
若无其事地回家，被等在家门口的奶奶发现
跳跃着躲过她老人家随手扔来的拐杖
再次疯玩的无记性

人生就像放飞的风筝
拽线的人永远是故乡
她盯着你的一举一动
希望你飞高又怕你遇到恶风险浪
那根丝线小心翼翼又收放自如
悄然中传递着严酷的训诫
今天我来了，思念乘风
我要与你来个促膝长谈
聊聊我们的昨天今天和明天
届时一壶浓浓的奶茶是必不可少的
虽已黄昏

2018 年 10 月

老　井

老家有一口井，深三米
有一百年的历史了
共修建过三次
每到秋天，水位升高
好比丰润的季节，万物风骚
水也要向主人表达自己的意愿
主人似乎见怪不怪，但内心很踏实
这至少说明人和水井和谐共处了
今年有变化
已经十月了
井水没有上扬，也失去了往日的清澈
主人瞥了一眼不远处的土堆
那里藏着一个人工挖掘的涝坝

近几年不断向外送水
浇灌方圆几万亩梭梭
梭梭林就势而生，大的已经藏了骆驼
主人感到从未有过的迷惑和失望
这口老井和自己一样
经历过阵痛，有过重生
更有过付出的快乐
现在怕是要枯竭了
他超乎寻常地认真打量起自己打理过的
房屋、羊圈、草舍、柴垛，还有这口老井
突然间明白了一个道理
人生无非就是N次朝夕作息
好动的，安静的，各有天命
期间，从不缺席的是日月、星辰、水流和空气

2018年10月

牧马人

牧马人有一所很大的屋子
能装下世界
屋内风景如画
有名家雕琢的秀丽山川
也有自己戎垒的拴马金桩
传说，这马桩两头相隔数千里
承负万马集结

在牧马人眼里
未有涉足的地方都是最美的草场
他们仅用几十年的转场游牧
锁定了属于自己的牧场
让马儿吃上了最好的草

历史在此不可复制
后来人无奈地承认
苍穹是你的屋顶
大地是你的席毯

2018 年 10 月

/ 蒙古马 /

让我告诉你

我不是智者
但我真诚地告诉你
不要以为 地球的财富取之不尽
一座山　一条河流　甚至一块石头
有它存在的必然
不要轻易撬动或改变
就像人的器官
那样会很疼很疼

那么　你会想
为了生产需要怎么办
你去问一个草原人
如果我没有猜错

他会告诉你
以最小的索取满足最大的需求
事后复原它

草原额吉
习惯左臂上挂着奶桶　右手握勺
扬落间　白花花奶汁四散飞舞
起初我以为　这仅仅是一种祈祷仪式
关乎自身和家族的安危
后来我懂得
这里面更多包含着祭祀山河草木的意愿
是在用另一种方式对大地忏悔和感恩
此时的老额吉像个尊神　不容置疑
朝霞里　夕阳中　凸显了大写的草原人

2018 年 10 月

时　光

今夜我是一个闲人
不看书，不写字，更不玩手机
回到很久以前，倚在三道桥破旧栏杆上
明目张胆地观望街上的霓虹灯和三五走过的女孩
当年，女孩们会投来讪讪一眸
如今，除了瑟瑟的寒风
一条毛色不正的狗将近不近

2018 年 10 月

夜宿曼德拉山

不是风不是雨
不是大自然的鬼斧神工
却在你墨色的岩石上
足足印刻了一个族群的历史
千年的风霜没有抚平你的足迹
某一天引来数个阅读你的人
岩画传递的生活
有田园牧歌的浪漫
有牧羊姑娘孤独的歌声
有艺人无法解开的心锁
今夜我宿寝曼德拉
不是为了目睹从东山升起的月亮
而是翻阅千年沧桑在月光下

/ 蒙古马 /

在曼德拉山顶的一次蹁跹
不管懂或不懂
明天我终将不辞而别
但是，请你记住
众人离开的晚上
有一个自称诗人的人
曾经悄悄留下过

2018 年 10 月

一匹马的尊严

九月，本是金秋
我应该遇到高兴的事
可一匹马用生命告诉我
抛开自由的驰骋
一切形式的角逐都是耍猴
那天我在马场见证了
一匹马跑完一圈
兀自撞向出口铁栏的一幕
倒下后，马睁开的眼里满满的蓝天

2018 年 10 月

缘　分

风，爱上了这座城市
一遍一遍光顾
当四月的一天，风从一栋红楼掠过
恰巧遇见一个女孩在梳妆
她似乎忘记了窗子是开的
也没有注意到风藏在了她的化妆盒里
在轻轻扣上盒盖的那一刻一丝念头上了心
带上它，下午或许补妆
就这样风从红楼转移到了灰楼
认识了女孩对面的女孩
后来他们结婚了

2018 年 10 月

傲慢与怯懦

怯懦无声的人
请放下你的怯场
敞开怀抱，笑对人生
傲慢无礼的人
请收下你的高傲
平常做人，礼貌行事
傲慢与怯懦是走向两个方面的变异体
稍一放任结局同样的糟糕

2018 年 11 月

定远营

我不知道
世间再有无以定远营署名的地方
这名称听起来很怪异
应该是平定远方桥头堡的意思吧
寒风凛冽，我像一个历史的倾听者
站在城头，或者走过城廊
最有感觉的是，城墙上的垛口
似乎每个垛口潜伏着一双眼
还有一杆装满火药的枪，丝丝燃烧昨天
傍晚时分，先是王府的大门，后是延福寺的大门重重关上
一份宁静和一道月光

是今夜的全部，它无关远和近

2018 年 11 月

满　意

听话。他从小被灌输这样的教育
可他与生俱来就有怀疑的本性
因此，不听话的事情经常发生
那天，祭祀敖包，在绕行敖包环节
人人顺时针，他偏逆时针
回来的路上他的车抛锚了
后面赶来的人一脸满意

2018 年 11 月

梦

昨夜有梦
梦见自己黄昏时分走进一所庭园
庭园里长满了各色花草
有一只蝴蝶，栖息在一枚不起眼的花朵上摇摆
近看，翅膀上写有古老的文字
我一个字也不认得
再仔细辨认，文字逐渐演化清晰
读出来：你是来的第一个雨天不打伞的人
我不明就里，恍惚间
一道微蓝色月亮门吸引了我
当我靠近它
恰好有一轮新月升起

/ 蒙古马 /

透过月亮门，我看到的是满月皓影
和一只寻找弯弓的金雕

2018 年 11 月

无　题

不要轻言放弃
也许那扇门后面就有你渴望得到的请柬
不要轻易后退
也许爬过这道梁就有你喜欢的草原
孤独的时候不妨向一座山走去，最好登上山顶
或许，同样一个孤独的人从山的那边走来
遇见，原来你们的孤独是彼此眼神中陌生的熟悉
一半是惊喜，一半是接受
一年后，你们的宝宝起名塔拉
是草原的意思

2018 年 11 月

行马由缰

这是一匹老马
有足够的经验
只需我行马由缰
就能早一天带我找到最初的家园
那里有青青的草、冰凉的河水
还有一座金顶蒙古包

这是一匹战马
有足够的勇气
只要我不打瞌睡
就能趁夜到达未尽硝烟的战场
那里有我同伴的遗骨、飞落的弯刀
还有一匹风中呼啸的马

这是一匹烈马
有足够的疯狂
只要我不肯收缰
就能乘风破浪驰骋万里红场
那里有祖先打造的城堡、美丽的女人
还有一幅墙上的版图

2018 年 11 月

一棵树的消失

我总不能怀疑
那棵树被别人用作了棺木
可它已经消失若干年了
谁都不告诉我它的去向
我只能用最笨的办法锁定是谁干的
用一块石头敲在另一块石头上，看石头的走向
当然了，敲打前要对石头默念一番
结果，不出我所料，石头飞向了没有羊群的L家

2018年11月

远去的誓言

有那么一段时间
写东西往往影射一个人或某件事
虽然没有指名道姓
却也轮廓分明
后来认识到
这样是不对的
每个人有每个人的遭遇和对人生的态度
每件事都有它发生的因果
只是，这样一来文字全无棱角
开始写花草树木，蝴蝶飞鸟
赢得了很多人的赞许
唯独你的赞，像雨后的彩虹
另类，少有，每次少不了一两句评语

/蒙古马/

不难发现，你的焦虑因我而起
一丝感动划过
那个曾经在一起无话不说的少年
如今已是鬓发染白
仍然守望着一方净土
日出而作，日落而息
犀利的目光，不曾放过一句谎言

2018 年 11 月

走丢的牧羊姑娘

这山不高
但能一览无余山下的草原
日复一日，我的目光无数次停留在
那片草原上
有一天，视觉里少了样东西
那个像蝴蝶一样在草丛中飞来飞去的牧羊姑娘
不见了，后来才知道
她嫁到了远方
再后来还知道
她生活得不如意
她的男人有一个专用的木质箱子
里面锁着年三十准备的红枣
用在来年二十三的祭灶仪式上

/蒙古马/

她是我初小的同学

她，只上过初小

2018 年 11 月

爱上诗歌的理由

诗歌是清晨醒来第一眼看到的窗花
奇幻中有儿时的记忆
是天花板上的心形吊灯，夜来还意
是发小寄来的只言片语，回信你也能抒发几句
是推门望见的一座山，养眼安神
是一生忘不了的一本书，翻了又放下
是雨后不期而至的近距离彩虹，追追停停
是孩子破涕为笑瞬间绽放的快乐
是烛光摇曳，明暗有时
是兰花一束，清幽端秀

诗歌也是旷野迷路后的自以为是
是相思苦闷中遥遥无期的等待

是树叶上掉落的雨水，昨夜的梦呓
是风马扬起的往事，写过就忘
是芸芸众生里的孤独
是酒后的异想天开

诗歌是路上的风景，和风景里的故事
是智者的箴言，仁者的谏言
是撞破桎梏，飞向自由的灵魂摆渡

2018 年 12 月

藏地，最后的礼拜

雪山　湖泊　蓝天　梵音
汇成一幅巨型蜃影在天边伟岸
是谁又是哪一年点燃了布达拉宫的长明灯
引无数信徒摸顶礼拜
人们用身体丈量久远的传说
希望这个传说能扶正摇摇欲坠的自己
或续接如日中天的好运
还有风调雨顺

一个女童向你伸出手，毫无忌讳
你隐约发现她手里有东西
是一束小花，你全然明白了
从孩子无邪的眼中读出了她的身世

她的母亲用牛粪
驱赶了一个又一个冬天的冷风

2018 年 12 月

承庆寺的菩提树

在这荒漠戈壁
哪儿来的菩提树
这一声疑问
像极了棒喝
却无法冲淡曾经夕阳余晖中
独自站在一棵树下
灵魂受到洗礼后的微妙

寺庙当家的喇嘛讲
这是六世达赖——仓央嘉措灵柩经过时
掉落的一粒种子成长的树
这棵树，离承庆寺东北方向五公里

/蒙古马/

有近三百年的历史

2018 年 12 月

飞过硝烟的鹰

嗅到不和谐声音
有敢死者的狂语，也有怯懦者的眼泪
一只受伤的白鸽停在废弃的战车上
欲飞不能
鹰，向另一片没有硝烟的天空飞去
那里才有食物
飞行中，鹰无端猜测那只白鸽
为何最后一刻不飞离
后来山告诉它
白鸽是由一名士兵悄悄带进战场的

2018 年 12 月

/ 蒙古马 /

风情万种戈壁儿驼

初雪降临，儿驼该发情了
爷爷手里捻着一股快要断了的绳子说
记忆便从这里开始

在动物界，发情的儿驼是另类
其傲慢中的蛮狠是戈壁萧瑟冬日的话题
牧民津津乐道，也有些怕它

这一切又是循序渐进的，在初冬时节
儿驼从远处走来，偶尔扬首后倾
想用头触碰一下前峰，又懒散地放弃
再过几天就触到位了，像个斗狠的勇士，频频挺胸晃脑

随即脑后巴掌大的部位渗出刺鼻的汗液
野心开始复苏
“吱呀”，几里外就能听见略显拉长的磨牙声
和“嘟嘟”的喉音
似乎在对外宣告自身的存在或对某件事物的不满
唇间溢出的唾液似丘岭白雪，飘至发梢，落至前棕
后躯半蹲，头部抬高，尾巴紧贴私处沾湿尿液拍打后峰
形成一道沟壑，骚尿欲滴
此时的儿驼已进入物我两忘的境地

它的眼里只有母驼群
不吃不喝，蓄意指挥驼群的走向
甚至，把驼群收拢在偏远一隅
连日不让回来饮水
等到主人催赶时
极不情愿，甚至横加干涉，左挡右堵
坏脾气往往爆发在快到井口的当儿
低头跑动中上下牙齿打出有规律的“嗒嗒”声
浓密疯长的棕毛 、脑盖毛、肘毛 ，随风扬落

兼而飞溅的唾沫似银蛇狂舞
井上的大骟驼小公驼见状魂飞魄散，四处逃逸
对于行动缓慢的还要穷追猛咬
而后寻一处长势茂盛的白刺上打滚
使全身荆棘纵横

繁衍后代是它的责任
也是它的终极目标
发情期的儿驼越是疯狂，越是精彩，后代越旺
这样的儿驼是牧驼人心中的尊圣
等老了终将得到放生的礼遇

儿驼戕害生命的事也有一二
有一年一户人家的主人
酒后壮胆乘骑发情的儿驼，随意抽打，恶意训斥
最终儿驼被激怒，撕咬辗轧主人
待别人发现，人已无全尸
还听说，有人在野外招惹儿驼被追赶
跳进枯井里
被它硕大的身子压实井口闷死

儿驼的故事很多
放养儿驼的人不简单
这是一门冷技术
是对野蛮的巧妙妥协和利用
小心翼翼，张弛有度
四个月后一切趋于平静

2018 年 12 月

记 忆

下雪的日子
总会想起一些与雪有关的事

很多年了，那个孤独站在风雪中
黯然神伤的女孩，你在哪里
一条红围巾，是记忆的一抹红
潸然泪下的瞬间，注定此行无伴
回去吧
再怎么走也走不出这片雪地的
可你，毅然选择了远方
一串足印，向雪原深处蔓延
回望，来路早已不见
你笑了，如你所愿

飘雪的日子
总会想起一些与雪有关的事
哪怕，在屋里，隔窗听雪

2018 年 12 月

见　证

一棵树
成长了千年
她记录了草原的变化

过去
一顶蒙古包，一只蒙獒
还有这户人家的炊烟
是土地上流动的风景，他们骑马赶马
随春夏秋冬转场游牧
毡包褪色了，靴子旧了
却从未停止过迁徙的脚步
草原四季水草丰美
那时候，一马当先足下无绊

心驰哪里，人就能到达哪里

今天，她目睹了蛛网状的铁丝栏
和上面吊死的生灵
这些动物，从被缠绕到死亡
用了五个工作日

2018 年 12 月

距　离

星星，是你涂画的句子
云河部分最迷人，你自己认为
月亮是大诗人
每月总有那么几个晚上
大摇大摆地出来，指点迷津
你学会了矜持，提前
从月亮升起的地方开始擦拭诗行
留下一张张扉页，让月亮潦草
月亮行一程，写一程，叹一程
等到天亮又输给了太阳

2018 年 12 月

狼

迂回蛰伏数日
只为致命一击
狼，生就屠宰者
一只羊，哦，两只，还不停止
一匹狼在短短的几十秒猎取了足足享用一个月的食物
狠，准，快
那天，父亲目睹了狼的杀戮
是用一副老式单筒望远镜瞭望到的
不久，父亲买了一副高倍望远镜

2018年12月

时　光

去德令哈吧
有一天她闷闷不乐地说
为什么，我正翻着抽屉找零花钱
海子的《日记》你看过吗
还没等她继续
我神反应，“姐姐，今夜我不关心人类，我只想你”，对吗
她，眼睛亮了一下，随即出门上班
明天就是情人节

2018 年 12 月

四季组诗

春

雨水还未降临
小草开始吐芽
叶子说
云是大地蒸发的水分，只要阳光充足

夏

花开遍野
谁能读懂你的舞姿
花蕊说
诗人，一个怜香惜玉的红尘过客

秋

果熟蒂落
家家的筐装满了
果子说
来年还想当种子，经邻家妹子的手，埋进土里

冬

雪如被
欲覆盖万物，风儿却不安分
雪花说
你的捣乱，让我编织更大的梦想

2018 年 12 月

一念成永恒

影子是被太阳辜负的情人
一方地老，一方天荒
千百年来，太阳
想用光，再温热她
她却有了自己舒适的存在
那是，一棵大树或天上的鹰
在恰好的时空充当了她的新郎

2018 年 12 月

鹰

老死在天空
去向成了迷
有人说，它上了天堂
也有人说，它入了地狱
可我更相信，它还在天空
不然，豺狼的进攻为何那么不自信
把一朵云的影子误认为俯冲的鹰
停止了掠杀的脚步

2018 年 12 月

街头事

小三身上的衣裳一件没剩
索性把头一扬，乌黑发丝荡漾如水
“臭婊子，不要脸，破坏我家庭”
她手脚口全武行，踢打拽拉骂
打累了，缓一缓
这一缓才发觉
小三和自己年龄相仿
长得干干净净，在她施暴的当儿
始终不还手，一直目视前方
像个画室模特，顶多调整一下被打疼的身子
眼里没有怨恨，更没有泪。
她想看到小三的哀求、忏悔或狡辩
可她失望了

唯一一次唇吻翕辟
是小三不知道从哪里找纸巾，又怕弄脏人行道
硬生生吞下带血唾液

2019 年 1 月

路

几年了
三年
为什么
不知道
离婚吧
嗯

十年后，他们相遇在小巷
你过得怎样
还好。现在能说说当年的事吗
他讲了十分钟，她听了十分钟
像个小说，故事不感人却顺理成章
临末，他说，谢谢你，当年没闹

/ 蒙古马 /

她向小巷深处走去
一阵风袭来，落叶纷飞
她想起了闺蜜的老公，同样的事
从台上跌到台下，现在
偶尔也能见到
骑着电动车迎风“嗖嗖”过去的身影
除了不再发亮的大背头外
领带换成了围脖

2019 年 1 月

蒙古马

骑士的荣耀
万马啸鸣震响主人手中的圆月弯刀
远征的集结号早已穿过云霄
箭影如织锁江山
跑马圈定梦想的草原和一座座城堡
蒙古马，一段历史的谜团
溯源额尔古纳河，畅饮地中海
电光火石间彪炳史册
马背上斜坐的那个人是故事的主角
头顶毡帽，愠而不怒
驾驭了马的速度和前进方向

2019 年 1 月

雨

一团烟巧妙伪装，向一朵云靠近
乍看都一样，门卫大爷想

云，抬高了身子，想离开
小草的喜悦即将落空
风，停止了涌动
云，不忍心了
开始降雨
进入烟雾的雨点还是迷失了方向
寻不到那片熟悉的草原和草原人家
至雨季结束
没有落下一滴

2019 年 1 月

独行客

你的诗是冷风划过的剑气
在宇空挥毫了一段往事
祖先的战袍猎猎万里
孤胆乘风
落日的山巅是独行者的瞭望
每次的登临送目，风尘风浪
月圆夜，一匹狼无声行走草原
从你的诗行嗅出曾经的围猎
悄然完成了一次天罗地网
只等一无所有

2019 年 1 月

/ 蒙古马 /

种　子

小草终于发话了，盯着一颗石头

喂，说你呢，看似挺硬的，就没见你发表过意见

石头爱理不理的，思忖

亿万年风吹雨打也没唤醒我，你个小丫头片子，凭什么

小草越长越高，总不至于一口被羊吃掉

发发牢骚、出出主意外，甚至有了自己的思想

它想自由地飞翔，想到更广阔天地扎根

树，看在眼里，记在心上

一场风雪后

小草不见了

它的种子落满地
只有树知道它的下落

2019 年 1 月

/蒙古马/

《莲花》劫

那一年我的偶遇是《莲花》
从翻开第一页开始
便体会着人生的另一面
不动声色地叙述，总是郁郁的
以致我的阅读倍感心酸
像药剂，味很苦，但能治病
精心挑选的文字犹如通灵瓦砾
放在屋顶熠熠生辉
人，红尘一粟，却有诸多无法预料的命运劫数
走走停停，脚步永远赶超不了前方的风景
等你发现，用一生打造的城堡中
唯独缺了你喜欢的那个人
这座城堡显得没那么重要了

你又开始新的流浪、逃避，抑或寻找
被文字诱惑的时光真好
某一对话是你的习惯
某一场景是你熟悉的
某一苦难是你的经历
某一路径是你走过的
最终《莲花》成了你的知己
在枕边，在床头，在包里，随手翻阅
想到那个讲故事的女人又在讲另一个故事
你有点失落，并渴望遇见一个
同样喜欢这本书的女孩
在暖暖的午后，并肩走向草原深处
一路上，有一句没一句地闲聊
至月挂东山，说一声保重
各自回家

2019 年 1 月

无 题

爬上楼顶。寂静、空旷、风劲
一丝飞翔的快感穿透了她
街道上人车分流
不知谁先喊了一声，“看，楼顶有人”
接着就有五花八门的声音传来
“跳楼的”“姑娘，想开点”“跳，跳呀”
她拼命摆手，又像是驱赶聚集的人群
“不，不，听我说”声音被风吹散
楼底下依旧乱糟糟，甚至有人布置充气垫
落井下石的最起劲，没有音乐
脚下却踩出了鬼步舞
她向楼顶的另一侧跑去
人们随之鱼贯而动

她，突然觉得很好玩
自己像将军，指挥着千军万马
几番轮回后
要求跳下去的声音越来越高
她情不自禁地做出了一个欲飞身而下的动作
“天呐”一阵惊呼
后来，面对警察的问询，她
喃喃自语，风筝断线，掉在楼顶了

2019 年 1 月

守　望

长风数日，一夜细雨
北疆以独有的姿态演绎生命的意义
山中有寺，沙中藏湖
一山巍峨，一沙高峻
千里戈壁蜃景绰绰

牧人最早揭开晨帘，星星依稀
一壶茶与一轮红日喷薄
族人开始了一天的生活
羊儿不远行，有草就满足
马儿嫌草枯黄喜欢翻山越岭
那时候，妹妹牧羊，哥哥放马
每天用歌声传递相安

偶尔，妹妹追赶蝴蝶忘了歌唱
哥哥就会跨马出现在山颠

秋天，哥哥走了
要到很远的地方站岗放哨
从此，妹妹无心唱歌
天天望着那座山发呆
哥哥的坐骑在山顶守护了一年又一年
在妹妹十八岁的那一年，孤独终老
后来，妹妹嫁到了远方
再后来，哥哥回来了
又开始先前的生活。听妹妹说过
那匹老马死在山顶，葬在山顶
风起的日子会有琴声呜咽
那是一把马头琴奏响的
回想曲。至此
哥哥习惯在风中想妹妹
还有那匹死去的老马

2019 年 1 月

黑鹰山·白鹿

走近你，夜色正浓
轻风耳语，你的传说白鹿不懂
她是被一只鹰吸引的
天亮了，鹰欲再飞
发现那只白鹿还在路上，这一等
成就了黑鹰山的绝世风骨

2019 年 2 月

人生无需表演

不想以诗歌的名义堆砌文字
不想以诗歌的名义闪烁其词
不想以诗歌的名义无病呻吟
不想以诗歌的名义苟且偷生
过去，现在和将来
用水煮饭，握刀切菜是最平常不过的事
懒散的时候，打开电视
往往是一部冗长的战争剧
剧中，炮火连天
年轻的生命前仆后继
突然就想，失去孩子的爹妈
养老问题
更多的时候玩手机，有人刷屏，有人沉默

/ 蒙古马 /

包括我的浏览，都是生活的一种
夜里十二点正式关灯睡觉

2019 年 2 月

回　家

无钱可续，治疗停了
父亲手拿一张护士站退回的
电视遥控器押金一百元
对女儿说，回家，中药调理吧
女儿无神的眼睛亮了一下
默默点头。从此
省院肾内科病房少了一个大眼睛姑娘

2019 年 2 月

/ 蒙古马 /

天堂有诗人

姐妹俩是青海人
妹妹照顾姐姐
姐姐很安静
多数时间望着病房天花板发呆
偶尔对妹妹不经脑的话语纠正一二
还不忘对病友报以微笑
有一天她们的舅舅来了
显然，姐姐很黏舅舅
常把头靠在他宽大的肩膀上
听他讲过去的事情
她的眼泪一直在淌
直到泪水流完

才肯接受舅舅的直视
当我第二次去的时候
她已病入膏肓
丧失肺部功能的喘气
像山谷中风的呼啸
空洞而无底
再后来，她走了
留有一本自己的诗集
开头句是
我多想拥有真正属于自己的夜晚
和一间草原上的小木屋
至此，很多年过去了
每一望见小木屋
不管它坐落何处
我都会想到那年那月那个秋雨绵绵的凌晨
一个会写诗的女孩儿悄然离世
她的愿望只有一个
一间属于自己的草原小木屋

2019 年 2 月

鹰的世界

鹰是蓝天的主人
鹰是自由的象征
猎物的逃窜是它编织的故事
故事的长短由它主宰
鹰的一生傲世轻物
呼啸声起，一击致命
鹰的一世桀骜不驯
死在天空，涅槃重生
只为再世的枭雄

2019 年 2 月

锁进抽屉里的诗

有一种诗适合写给自己
写完锁进抽屉
这样的诗，关乎心情
关乎小家
在雨雪天，对望一座山
或一座独木桥
让心灵漫游
间或倒一杯红酒
在轻轻晃动中，让
岁月沸腾，提前完成秋的礼仪
不负山中红叶满溢

2019 年 2 月

/蒙古马/

疯婆的刀

患有间歇性精神病的妻子
砍伤了睡梦中的男人
他躺在病床上，疼得
胡乱叫唤
三根手指被砍断，头上挨三刀
男子的母亲不停地给警察打电话
要求抓人
其妹妹也附和
只有逮人，娘家才肯出钱
有人劝说
在婚续、病发期间
发生这样的事
清官难断

术后，男子担心自己的手指
农民，下地是大事
医生面无表情地告诉他
我们尽力了，七天危险期
就看你的造化
此刻，他的妻子在老家
种下一地麦子，等待
丈夫回来，收获秋天

2019 年 2 月

站 台

离别的话语是昨夜的柔情，纵然
隔着一层玻璃也能触摸得到
笑一笑，挥挥手
汽笛鸣响的刹那
已酿足返程的思念
只是黄昏时分
需要一个夜的仪式来完成
重逢的喜悦

2019 年 2 月

十 年

喜欢你的诗歌
在午夜的阅读中
同悲戚，共喜乐
你的文字像跳动的音符
浑然天成。跟着感觉走
有一年我也开始写诗
从不好好说话到邻居大妈读懂我的诗
我用了十年时间

2019 年 2 月

我的派克笔

我有一只派克笔
存放了很多年
每每想用它，却在打开盒盖的一瞬间
大脑里，莫名其妙地跳进来一个问题
拿这个笔，第一个字应该写什么
直觉告诉我，不能
像往常一样随便画个 S
就是在这种纠结中，半生已过
笔，还在那儿躺着
崭新如故，直到
有一天，一匹马的风流
消除了我的顾虑
我用我的派克笔，第一次

勾勒了那匹马的前世今生

2019 年 3 月

生活的艺术

如果性子里没有似水柔情的一面
那么请你不要轻易扰动那一池莲睡
如果志向里缺少实现远大抱负的动力
那么请你放下不切实际的想法活好当下
如果骨子里匮乏傲雪寒梅的品质
那么请你烧好炉膛备好柴火
如果心中缺失对生活的热爱
那么请你从点滴做起善于发现
生活是智慧与勤奋交融的艺术
任何一种游戏的态度，只会
掘深沉沦的坑洼
生活是善良与付出同步的功课
每一次积德行善，都将

成就你无边的快乐
生活是知恩与珍惜共育的虔诚
每一天都是新的开始，不妨
用心品读阳光、空气和水的内涵
做一个感恩的人

2019 年 3 月

进 化

随地吐痰与乱扔垃圾的人，是
前世未进化的狐朋
用再世彼此的喜好
结伴同行，恶心邻里
随地吐痰又乱扔垃圾的人，是
抱团死去的原始狗友
魂灵本是一家
炮制邪恶，变本加厉污染山河
听说，上帝不喜欢污秽，财富不喜欢灰尘
一个人的进化，除了文化
还有精神层面的洁净
洗澡是一回事，还应该准确找到垃圾箱

2019 年 3 月

远古的日历

春天来了
该出去走走
趁着树木、小草吐翠
寄语一年的希望
还有安平
我便拥有了莲花般的笑容
一直向前
发现土地也有伤痕
一条沟壑的形成，一座山的消失
成全了城市的扩容
可我，依然在城市的边缘
寻找远古的日历

/蒙古马/

和那份自在安乐

2019 年 3 月

驼　道

向远方，铺设了圆润的梦
有谁曾经沿着这条道落尽风华
老人讲，这条道的尽头是乌兰巴托
路边的大树是休养生息的驿站
我将信将疑，随手捡起一片落叶细读
家乡的秋霜和乌兰巴托的冬雪
在叶片两侧完成了季节更迭
霜，收到了雪的邀请
可这年冬天依然没有驼铃声
还有来年
大树只记得最后一支驼队
是在风雪中消失的
那个牵驼人手中的鞭子

遗落或故意丢弃在树枝上，从此
每当风起的日子
鞭指陈年往事
那段记忆是骆驼与骆驼人的远行
承载着生活的琐碎

2019 年 3 月

远　方

放下眼前的一切
向着梦中出现的地方，出发
沿途的风景是连接目的地的引线
一山一水、一草一木皆有故事
其实，我一直向往在路上，总认为
远方有今世的寄托，还有
那个在黄昏时分，擦肩而过的人
一定在远方，目寻
我的到来，当清晨
把一壶隔夜茶缓缓倒进石缝里的时候
余香中是过去的日子，静而甜
转身，你再次续下未知的约定

/ 蒙古马 /

一壶新茶与恋恋守望

还有我迟行的远足

2019 年 4 月

冬　日

傍晚时分，爬上那道梁
一轮彤红彤红的冬日跳入眼帘
每天都是这样。不知道
冬天的夕阳想约见我，还是
我喜欢冬天的落日，总之
那一刻，我一定会爬上那道梁
冬日的诗意，在于傍晚
一团火燃尽了岁月的萧瑟
三五成群的骆驼
在落日余晖中漫步
这样的时刻，应景
写一首诗是幸福的，哪怕
短短数行，只关乎

硕大的骆驼和寂静的戈壁。
有一年的最后一个冬天
我的诗性，被一辆
小型货车上的两峰骆驼改变
再大的身躯也敌不过一尺长的屠刀，那天
戈壁少了两峰骆驼，我的诗
亦不成句子，串连成两行，不
是四行滚动的驼泪
穿心而过

2019 年 4 月

戈壁雨

戈壁
落雨的夜晚，父亲
一直在聆听丝丝雨点声
每一刻的延长，将是
劳力和财力的极大省却，以及获得
雨，对于戈壁牧人而言
是最好的礼物，厚重、实惠
在牧人的心中，这是
东山顶上那座亘古敖包散发的魅力
和它兑现的承诺
干涸的日子，偶尔
喝得酩酊大醉外，牧人
喜欢眺望远山和天际，那里

/ 蒙古马 /

藏着随时喷薄的雨云，久而久之
习惯了昂首前行

2019 年 4 月

红

有一天，我向你请教一个植物的名字
在微信里尽量表述清楚，包括
该植物骆驼喜欢吃。一会儿
你发来三个植物的名字，还注明
不离此三。我依旧拿不准
午后的阳光暖暖的，我向郊外走去
想拍一张照片给你，这植物
就在西山坡上，秋天变红
惹得一生随缘逐梦

2019 年 4 月

马兰，马兰

马兰花开的季节，我
打马走过你的身旁
蓝幽幽的梦，向天
倾诉一世风华
花海深处，马自驻足
重启年少的记忆
一年一季花开时，也是
邻家妹妹的节日，这一天
在马兰湖边，裙裾飘飘
花飞蝶舞，累了
她会跑来，嫣然笑问
明年花开你来吗，还未等我回答
她已翩跹而去

这样的情景，在我们十六岁的那年
结束了，她家搬到了山的那边
自此，马兰花开的季节少了灵动
有一年，她捎来一封信，说
这边也有马兰花，我，只去过一次
没有形色描绘，没有长吁短叹
我却读懂了她的失落
又过了一年，她出嫁了
正是花开时节，别梦依依，穿过
最初的幽兰，她发现
湖边的少年傻傻站着，些许的感动
她从怀里掏出洁白的哈达，相约少年
走近马兰敖包，顺手系在旗杆上
结束了那段懵懂岁月的彼此依赖
从此，风里雨里，故乡的天空飘荡着
一个少女的曾经和
一个少年的过去，这些
都与马兰花有关。

2019 年 4 月

/ 蒙古马 /

我的红驼

在我年少的时候
一峰红驼走进了我的生活
它是父母许给我的，身体均称挺拔
红得像一团火，温润了寂寥的牧场
它不轻易套近乎，甚至有些孤傲
长长的睫毛当中，有一双湖水般
清澈透明的眼睛，用它搜寻世界和食物
在我与它，莫名的默契
大年初一开始，家家户户拜年串户
几个来回，便组成一支浩浩荡荡的驼队
向另一家绝尘而去
新年瑞雪纷飞中，一场比赛已经拉开
微醉的人在亢奋的驼背上夸张地左右摇摆

心急的不停抽打骑驼，老练的只顾呐喊助威
唯有我的红驼，无须任何提示
冲在最前，用眼角余光观察左右
距离和速度拿捏得恰到好处，吉祥新年
红驼屡屡拔得头筹，四季安然

在我北疆戍边的那一年
我的红驼走了，膘肥体壮的
突然就走了，短短数年间
它把最大的欢乐和自豪给了我。听老人讲
心爱宠物的死，往往带走主人的灾难
我宁愿相信这样的说法，后来的经历
告诉我，天地人物一脉相承。至今
唯一让我欣慰的是，红驼
生前没有挨过鞭杖，死后得到了埋葬

2019 年 4 月

想约一人看草原

在草原复苏的季节，想约
一人看草原，我不苛求
这个人一定要和我志同道合，起码
遇见黄羊不追不赶，偶尔
提起草原往事，多少和骆驼马匹有关
远山是他的图腾，近水是他的热恋
吹一段口哨，能引来一丝凉风的人
为了寻找这样一个人，从春到夏
我一直在扮演一朵雨做的云

2019 年 4 月

写诗的夜晚

很多词句争先恐后，想表达
自己的意愿，赶在前面的
嗓门高，善鼓动
我驾驭不了，稍稍定神，那个
躲在角落里、欲说还休的气息
俘获了我的心。今晚的诗句
注定没有高大上

2019 年 4 月

选　择

城市郊外，一只小狗独自在
一张废弃的沙发上生活
每次路过都能遇见它，孤零零的
不太喜欢陌生人的救助
像极了一个倔强倨傲的人
后来有人告诉我，两年前
小狗和沙发一同被遗弃
刚开始，小狗企图跟上它的主人
不知道，主人说了什么
又跑回来，反复折腾了几次
小狗，最终选择留下来
翘首期盼中，春去秋来

以至后来，小狗的眼中

满是对失散主人的担忧

2019 年 4 月

阿拉善（组诗）

一座山的守望

世上，还有哪座山
能决定一座城的存在与否
山顶悄然升起的日月，恒古不变
在不同的时间赋予你十足的动感
最美的风景是云山雾罩，此时
山下，总有一人
分享你的喜乐，懂得
用一颗虔诚的心，一次次描摹
你的凉峰载雪

沙漠·人家

一场风
抚平了你所有的伤痕
一支驼队，依然
出现在今天的日记中
是谁，在你沉睡的世界
撒下一粒种子，渴望
获得一次心安和一份快乐
那个人在沙漠深处生活了一辈子
靠一井水，一勺勺
绿了心田

胡杨情韵

有人说，牵手走过你的林中小道
这一生便长相厮守。也有人说
拾得一枚十月的叶片，写下一段心里话
就能圆了一世夙愿。可我
偏偏喜欢树荫缝隙间掉落的阳光
和那斑驳陆离，随风渐渐幻化成

可读的史诗。它讲述了一段
英雄故事，故事中
记载着三千年胡杨风骨

2019 年 5 月

戈壁的风

戈壁的风
传颂千年的故事
这风蕴含
年迈的阿爸浑浊的眼里投放的搜索
他在寻找昔日熟悉的陌生
这风携带
慈祥的额吉泼洒的吉祥奶祭
她在修复生命中所有的伤缺归于无痕
这风中
有离群的老公驼最终的欣慰
它的雄姿早已浸入季风流年
这风里
有母驼的哀鸣和幼驼的回音

/蒙古马/

像一首古老的歌谣完成了戈壁最美的传说
戈壁的风声不断，故事依旧
苍茫天地之间，牧人和骆驼
慢悠悠地晃动着属于自己的年轮
活出了太阳的光芒、月亮的冰洁
和星星的隽永

2019 年 5 月

小城晚行

记忆总是在雨天成倍地涌现
有一年，聚少离多
独处的日子，星空是夜晚的全部
读书写字亦不成问题
闲散随意的阅读中，一小文
吸引了我。那是
一个年轻女子，夜晚
从机场步行到家的一段心路
习习凉风，寂寂灯街
和被路灯一次次拉长又回到原形的身影
没有悲喜，只有淡淡的融入和接纳
好多年过去了，我一直忘不掉这段小文
甚至在百度上搜索相关内容

意图再细读，无果
终于明白，一些人和事
只是你生命中的匆匆过客和过往
在某一个时刻曾经感动过你而已
以后，我可能还会不断想起那天的阅读
和文章的主人，一篇小文
带给我的清喜，已经超出了我的预想
这个小城叫酒泉，那一晚的风景
被一个独行女人据有

2019 年 5 月

写进诗里的女子

唯有这样，她会
永远生活在我的世界
想她的夜晚，打开
久藏的日记，寻找那个
属于我们的时光
那些日子，写满了诗句
不华丽，却能触摸得到温暖
那里有阳春白雪，雨天彩虹
有草原花香，戈壁青山
就是在这样安稳的日子里
有一天，她说，想看月圆之夜的狼
为了带她进山看狼，我悄然改变

我的生活方式，终于有一天
夜，对于我不再是夜的时候
我带她出发了，那一晚
兜兜转转，星月如梦
天快亮了，可始终没有找到狼的影子
无奈之下，我丢下她
独自走向高高的山岗，学狼嚎
一声又一声“啊——呜——”远远地
有了回音，但我不确定
这是狼嚎，还是山的回声
等我下山，她哭了
后来她讲述，在我学狼嚎的当儿
她多年的心结已经解开了
这个心结与狼的传说有关

2019 年 5 月

读不尽的阿拉善

在世人眼里
你有很多种符号
甚至有人独断认为
这片土地不适宜人类生存
可是在阿拉善人的心中，你的景致
恰到好处地应和了主人的脾性

你的沙漠季风雕琢
柔软襁褓金色殿堂
你的戈壁广袤无垠
旷世奇境鬼斧神工
你的山林苍苍莽莽
孕育一方苍生厚土

你的河流源自雪山
淌进居延烟雨浩渺
你的胡杨染色十月
一树千年英雄本色
你的蓝天白云悠悠
惹得雄鹰比翼高飞
你的雨水酝酿三秋
一日落下花草争艳
你的白雪晶莹剔透
一朝覆盖迎春消融
你的敖包守山临湖
猎猎经幡天地契合
你的大树郁郁葱葱
见证家乡百年巨变
你的小草生生不息
早春三月悄然生还
你的长调悠长舒缓
如水哲思绵绵不绝
你的诗歌朴实无华
颂扬人与自然和谐
你的岩画栩栩如生

记载远古牧人岁月
你的骆驼临风阔步
涉足远方如愿心随
你的石头精美绝伦
轻轻诉说人间沧桑
你的晨曦清风撩人
开启一天美好运势
你的晚霞绚丽多彩
预示明天安平祥瑞
你的尘暴气吞山河
时刻警醒生态文明
你的人民勤劳勇敢
时代守望祖国北疆

2019 年 6 月

小　路

月色渐浓
星儿疏远
一条小路蜿蜒
随心摇曳的昨日温情
缓缓驻足
谁与谁
曾经沿着这条小路
牵手漫步
浅浅的话语
淡淡的诉说
在午夜的天河
蓄满故事
早已忘却

小路的尽头是太阳的蜗居
幻梦与承诺
终将见日
今夜
小路依旧蔓延
一样的星月苍穹
却不知
何处寻觅你的身影

2019 年 6 月

敖包拾零

备好祭品
一个汉子慢慢向山顶爬行
十年的祭祀路
犹如最初的心愿未了
行行复重重
只有爬上这座山顶，放眼天下
他才能许愿心事
从开始的小家到大家
以至囊括四海众生的安平
他的愿望远远超出了自身
山无语
敖包却经幡飘扬
老旧的展旗

诉说着三百年的历史沧桑
他像一个诗人，更像
一个骑士
用执着的信念
和铿锵的脚步
一次次触动尘封已久的历史记忆
望尽祖先的归去来兮
弄疼了自己
倘若，有一天
众人散去再无来者，自己
将是最后的朝拜者，直至
魂归故里。这是他的心里话
下山的时候每年默许一遍。此刻
天空飘起了细雨，瞬间
氤氲了巴彦乌拉山

2019 年 6 月

/ 蒙古马 /

断想笔记

意象
萌生在家乡的一座山岭
山下的马场和古老的生活方式是引子

从山顶眺望这片草原，记忆
仅用片刻的工夫完成了它的使命
自己恰到好处地扮演了一个
牧人的角色

曾经
有人问我，一匹马能跑多远
我没有正面回答，只勾勒了一幅画面
勇士手牵四匹马，征途中

不曾离开过马背。这是
历史的选择，构筑了
一个朝代的疆域

父亲是牧马人
只有跨上马背的瞬间
那顶毡帽才有了逆风前行的便利
而我的诗句，被炎炎夏日煎熬
一次次追忆或失忆在
那场风起云涌的陈年往事中
踽踽独行

2019 年 6 月

/蒙古马/

爱的边界

如果有可能，请你
为爱画个边界
让我不再无谓地寻觅
如果有机会，请你
为爱立个定义
让我不再意乱情迷

爱的肆无忌惮
只有经历过的人知道
漫不经心的一瞥，或许
埋下爱的伏笔
在某一天的街心花园

共同走向心之约定
一段忘情岁月
终抵不住时间的流逝
不知从何时起，彼此
渐行渐远。时隔经年
再次遇见，一句
你好，终结了所有的故事

“问世间情为何物，直教人生死相许”
还有一种爱是相互欣赏和怜惜，那一年
不经意间在人海中遇见了她
思念如锁，从此
我的爱有了边界，情有了归属
再次面对外面的世界，我又回到了
久违的小心翼翼和如履薄冰，专心
向她绽放生命中最美的风景
用余生铸就爱的真谛，为爱
注释一个完美的答案

2019 年 7 月

/ 蒙古马 /

黑城，一枚瓦砾传递的信息

历史是寻梦人的教科书
时光的叠加和人的行为
完成了它的结束语

黑城以古老的神韵
向人们展现它的存在
若想获得一次遇见的真实
或许一枚瓦砾传递的信息更可靠

风沙千年，掩埋了通往你的古道
和城里的景致
守城将士们仅剩的一碗水早已喝干
随手丢弃的瓦罐碎成了一地风骨

熠熠光鲜

黑城的传说
终究离不开黑将军的视死如归
风雨卷塔林，狼烟滚滚
那一刻，他的剑气划向夜空
勇士们倾巢而出
用生命谱写了一首英雄悲歌

如今
有多少文人墨客、武夫甲士
在黑城脚下驻足
用各自的方式聆听岁月豪迈
感怀久远的黑城往事
裁剪生命中的多余

2019 年 7 月

岩上花

岩上花
开了一年又一年
她没有见过草原的辽阔
也没有品尝过草原额吉熬制的奶茶
更不知道马背上的少年
肆无忌惮的眼神和
征驰天涯的快感
在她的世界里
只有凄美的月色
朦胧的山川和
偶尔飞过的小鸟
直到有一天
一只走失的蝴蝶

颤悠悠地飞到她身旁
她开心极了
毫无忌讳地献出了自己的花蕊
那只蝴蝶
不适应阴冷的环境
要离开，还说
带她一起走
为这句话
她感动了好长时间
最终那只蝴蝶还是飞走了
她的世界又回到了原来的轨道
有所不同的是，从此
月夜不再凄美
山川不再朦胧
她从小鸟的话语中
听懂了草原的声音和
那只蝴蝶最后的命运

2019 年 7 月

/蒙古马/

捡垃圾的诗人

一根烟头随风滚动
一款烟盒静静躺卧
一只酒瓶昼夜哨响
一个塑袋草尖乱舞
一堆杂物漂浮湖中

这是人类的“杰作”
自私造就了苟且

牛睁大眼睛纳闷
马儿不屑一顾
小鸟看不顺眼
连猪都嫌弃

同为动物
为何你们祸害一方

最早醒悟的是一位诗人
他的诗离不开草原的露珠
在与草原的纠结中
发现了诟病，从此
他的手中握有一支笔外还多了一个袋子
在草原上行吟、曲背
笔，用来写诗诉情
袋，用来清污除垢
黎明时刻，黄昏时分
独行劳作

他的路越走越远
他的诗越写越少

2019 年 8 月

听　雷

初春

一声闷响

从天边滚滚而来

大地复苏了

母亲笑了

此时

东西南北

总有一方成帘雨

牧人是风向大师

雨，随风而动

不一会儿自家的牧场被淋透

翌日，阳光普照

那匹离群的马

驮着远方的干涸回来了

2019 年 8 月

/ 蒙古马 /

人生的路

不是每次登临山顶
只是为了远眺风景
或许一只鹰的重生带给你的启迪更珍贵
不是每次光顾草原
只是为了欣赏草色烟光
或许一条河流的溯源让你想到历史的变迁
不是获得一次生命的权利
就是为了索取和挥霍
或许苦行僧似的生活方式是福报
不是每次受到嘉许
就以为自己了不起
或许对方知道你的弱点怕你失去信心
不是每次微笑

都发自内心
或许转身已泪流满面
不是每次宴请
都能遇到可心的人
或许另类才是你的短板
不是每次写诗
都需要意象的狂舞
或许一句实话能挽救于人苦海
不是整本书
都赐予你教诲
或许一个情节才是你寻找的答案
不是每个朋友
时刻想着你
或许音信杳然才是思念的陡增
生活是一面镜子
有人借助镜子打扮自己
有人擦拭镜子上的污点

2019 年 8 月

/ 蒙古马 /

初识“老狼”

一见如故，他在讲述自己的故事
断断续续，一个狼娃的形象豁然无隐
多舛的命运、纷扰的世事，在他
已是过往云烟，些许的沉默
是对岁月的过滤
与诗歌相伴的日子，他是快乐的
天生聪慧，信手拈来的词句，遂成
一幅风吹草地的画面
赤诚豁达，向善向上，他是
“老狼”，一匹行走草原的狼
一个诗人，一位父亲
无人处，有过泪水和呐喊

星星是暗夜的风景，走一程看一程

终修得一身凛然，一世豪迈

2019 年 8 月

/蒙古马/

秋夜断想

夜是丝丝的凉
捎带星雨的冰
断桥一座
旧人一个
回不去的哀伤绕心头
走走停停
念想是昨夜的柔情
密密仄仄
小路外伸
千千心绪难收
忆到深处花自寻
可遇之人
但愿

今夜的断桥
和旧人
还有迟到的月光
是你前世未竟的风景
须你翩然走入
涂画自己心仪的色彩

2019 年 9 月

雪　山

雪山是云的憩息处
是大地的至尊
涓涓溪流蜿蜒千年
是你赠予人类的礼物
你的子民有一双火辣辣的眼神
和一对太阳的光晕。每天
卓玛姑娘在小溪边歌唱
歌声随着小河流淌
惹得岸边少年侧耳
此时，我刚好驾车北上
故事停留在

阿尼玛卿山傍晚的飙烨中

等待来年的获读

2019 年 9 月

/ 蒙古马 /

冬天的变奏

但愿
写下一组文字
藏在秋天的落叶中
它们能获得金色翅膀
向冬天豪迈前行
在初雪的扉页上
留下深秋的不舍
这样的时刻
想一个人是幸福的
在秋冬交替之际
她的心先下起了雪
那个为流浪的狗狗猫猫
遮风挡雨的人

她一定在注意窗外的一举一动
一声猫狗的惊叫
都是他人赐给的飞石引起
每当此时，她会萌生
建一座宫殿，把流浪动物圈养起来
并在殿门外写上
“闲人勿靠近”字样的想法

她叫牡丹
生就国色天香

2019年9月

那时候

那时候
没有电视没有手机
甚至没有电灯
一盏油灯是夜晚的中心
爷爷讲的故事在摇曳的灯光中
演绎渐进，带着神秘
上下千年，人鬼百态

那时候
一封信是一篇作文
寻词琢句，把最美的语句和心情捎给家人
这封信能走好长时间
家人收到信的日子

也是我写好下一封信的时候
觉得天高路远

那时候
戈壁是长长的寂寞
除了打理自家牲畜的需要外
大人频繁到高处张望的另外目的是
捕捉外来的信息或等待某个人
顺便聊上几句解解闷
了解草场情况

那时候
从一个地方到另一个地方
骑乘能直线到达目的地
黄羊是路途的风景
天地宽
心情也舒畅
围栏是后来发明的
骆驼随之消失

那时候

/ 蒙古马 /

父母的表情和现在的我一样
深沉、刚毅
说自己喜欢的话，办自己乐意的事
再后来，就是现在了
一个在天堂，一个在人间
沉默是岁月的念珠透着无声的抗议

2019 年 9 月

一个人的世界

你说
孤独的时候喜欢郊外的恬静
其实，你在想一个人了
你说
看见粉红色的纸张就想写一首小诗
其实，那个远方的人已经拿起了笔
你说
月圆之夜一座断桥也是唯美的
其实，在你的世界昨天的残雪依旧未消融
你说
听着一首老歌会无端落泪
其实，这首歌里有你过去岁月的难忘
你说

/ 蒙古马 /

在与众人欢愉的时候突然想抽身离去
其实，人群中唯独少了那个人
再后来，你习惯了一个人的世界
相思深处，最多
于晚霞时分登高观日落
直到天完全黑下来
借着路灯回家

悟

向蓝天祈一片碧空
让我的人生充满蔚蓝
向大地求一份祝福
让我的梦想始于足下
向白云借一句美言
让我的诗行飘满细雨
向草原索一言吉祥
让我的马蹄踏出琴曲
向太阳获一缕光明
让我的思想释放智慧
向月亮讨一方宁静
让我的独处溢满快乐
向星空寻一丝领悟

让我的迷茫不再延伸

宇宙
我本该是你的一员
不知从何时起与你背道而行
越走越远
欲望的沟壑填满了虚无
常常心悬不落
今天我要向你靠近
努力回归本真
做一个生活简约的人
闲时
看海，听风
遇事
博爱，随缘

2019 年 9 月